衛斯理系列 少年版 12
衛斯理與白素
下

作者：衛斯理

文字整理：耿啟文

繪畫：鄺志德

U0130382

老少咸宜的新作

　　寫了幾十年的小說，從來沒想過讀者的年齡層，直到出版社提出可以有少年版，才猛然省起，讀者年齡不同，對文字的理解和接受能力，也有所不同，確然可以將少年作特定對象而寫作。然本人年邁力衰，且不是所長，就由出版社籌劃。經蘇惠良老總精心處理，少年版面世。讀畢，大是嘆服，豈止少年，直頭老少咸宜，舊文新生，妙不可言，樂為之序。

倪匡　2018.10.11　香港

目

錄

第卅一章	神槍手之戰	05
第卅二章	飢渴交加死亡邊緣	18
第卅三章	被困荒島	30
第卅四章	驚天動地大爆炸	43
第卅五章	反擊行動	58
第卅六章	島上巨變	69
第卅七章	決一高下	85
第卅八章	火山爆發	102
第卅九章	秘密揭開	113
第四十章	昂貴的火焰	127
案件調查輔助檔案		139

主要登場角色

白老大

白素

宋堅

衛斯理

里加度

宋富

紅紅

白奇偉

第卅一章

神槍手之戰

山下的 吶喊 聲 愈來愈熱烈，隱隱地看到有人正擁上來，而且槍聲也更密集了！

「里加度先生，你要為自己的性命和地位而戰了！」我說。

里加度的面色十分難看，「請放開我。」

「要我放手可以，但至少你要知道，如今我們已是同一陣線。」

里加度點了點頭，他實在不能不和我們合作，因為山下

的胡克黨徒，必定夾雜了不少李根

的 **親信**，衝上山來之後，定會

刻意製造混亂，亂槍將我們這裏所

有人殺死。

　　我一放開里加度，他便立即奔向

挖出來的大坑，跳了下去。

　　這時候，已經有子彈在山頭

上 **呼嘯** *而過*，約莫有四五

十個胡克黨徒衝到半山了！

　　陣陣的吶喊聲愈傳愈近，我

將宋堅也拉到了土坑之中，我們

在里加度的背後，監視着他。

　　里加度在土坑中指揮着，

吩咐山頂的胡克黨徒去取回

槍械 防衛，他同時又向山下大聲叫道：「別信美國人的話，我什麼事也沒有！」

可是李根的聲音隨即又響起：「我們的首領落入敵人手中，**言不由衷**，若是任由首領受人 **挾持**，胡克黨還能活動麼？」

一個胡克黨徒忽然跳出土坑大喊：「我們沒有受挾持！」

可是他才講了一句，一顆 **子彈** 便呼嘯而過，他

立即倒地，而往山頭上射來的子彈也愈來愈密集。里加度見到這樣的情形，面色更為難看。坑中有人忍不住向外面開槍反擊，結果 **一發不可收拾**，子彈橫飛，引發了一輪槍戰。

我取起了一支槍説：「里加度先生，如果不把李根射死，局面便難以控制。」

里加度點了點頭，但向山下看去，**密密麻麻**都是人，雖然仍能看到李根正在人堆中移動，但是和他相距足有一百多碼的距離，要射中他，確非易事，里加度質疑道：「你能夠辦得到**？**」

我苦笑道：「我可以試一試，如果成功了，**挖寶藏**的事由我來主導如何？」

里加度「**哼**」了一聲：「只要你一露出頭去，你自己首先成了射擊的目標，李根是出名的**神槍手**！」

「當然，你要射擊別人，你也就同樣地會成為人家射擊的目標，十分公平。所以，除了我，你們有誰願意來做這任務？」我將槍遞出來，人人都呆着不敢拿。

里加度想了片刻，説：「好吧。」

我回頭望了望宋堅，宋堅緊張地提醒我：「**衛兄弟，小心！**」

我吸了一口氣，提着那柄**槍**，慢慢地爬到土坑邊上。由於我們這邊停了開槍，所以對方射上來的子彈也漸漸減少。

我慢慢地探出頭來，向外面望去。我只露出了兩隻眼睛，「**砰**」的一聲，一顆子彈已經在我的頭頂擦過，頭皮上幾乎可以感到子彈的**灼熱！**

我連忙縮回頭來，在我面前的鬆土，又因為兩顆子彈的衝擊而飛揚起來，撒得我一頭一臉都是**泥土**。

　　此時李根大叫道：「你們説里加度沒有受人控制，那麼他為什麼不現身出來？為什麼？」

　　山下的胡克黨徒隨即 *附和*，大聲叫道：「**里加度！里加度！**」

里加度不是傻子，他自然知道，李根是在引他露出頭來，將他殺掉。然後李根有千百種方法嫁禍於我，例如把山上的人全滅掉，便**死☠無對證**，就算李根未能把我們滅口，他也可以*誣衊*我收買了山上的人，殺了里加度。

山下「里加度」、「里加度」的呼聲愈來愈高，但里加度不敢**輕舉妄動**，只是看着我，我知道他此刻能指望的就只有我了。

我扒開面前的積土，動作極其緩慢，花了幾分鐘才撥開了一個孔，從孔中看到李根正帶着百餘人，向山頭一步一步地逼近*!*

　　我拿起一塊石頭，向另一個位置拋出坑邊去，就在那

一剎間，「砰」的一聲槍響，那石頭被射中粉碎，李根的

槍法 果然 **神乎其技**。

　　我繼續從土孔中觀察，李根離我愈來愈近，只有六七

十碼了，但他非常聰明，安排了三個人走在他前面，將他

遮擋住。我要擊中李根，實在是 **難上加難**。

　　我小心翼翼地將槍管從土孔中伸了出去，積土十分鬆

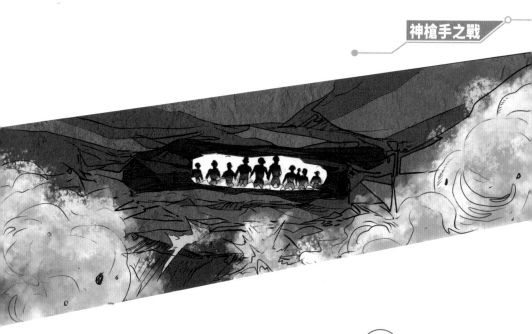

軟，動了一下，李根已舉起槍來，向我 **射擊** ！

　　他一舉起槍來，本來擋在他面前的兩個人，自然不得不分了開來，我捕捉那 **一閃即逝** 的時機，扳動了 **槍機**，並且立即向後一仰。

　　而我尚未跌下土坑的時候，一大堆泥土已向我壓了下來。那堆泥土顯然是被李根那一槍擊下來的。

　　我跌到了土坑中，聞得半山腰上響起一陣 **騷動**，宋堅緊張地問：「中了麼？」

　　我不敢肯定，身為**神槍手**的李根也未能擊中我，

我真的能一矢中的，打中了他嗎？

　　我又拋起了一塊石頭，這次石頭不但沒有被擊碎，甚至

沒有人開槍。我感到這是個 **好兆頭** ，便爬到坑邊往下

看去，我看到李根倒在 **血泊** 之中，胡克黨徒亂哄哄地圍

在他的旁邊，我的一槍已將他打倒了！

我連忙説：「李根死了！」

可是我轉身一看，只見一個胡克黨徒正拿着槍對準了宋堅的腦袋，而里加度則**奸笑**着説：「衛先生，請放下你手中的武器！」

我真想送他吃子彈，可是我不能不顧宋堅，只好將手中的槍丟下。

結果，我和宋堅被押進一座**碉堡**囚禁起來。

這是一座舊式的機槍碉堡，除了入口處外，只有三個不足一尺見方的**機槍射口**。

我先看看宋堅的傷勢，問道：**「宋大哥，你沒大礙吧？」**

宋堅苦笑了一下，「是我連累了你，如果不是我受了傷——」

不等他講完，我便説：「這不是你的錯，錯就錯在我

太笨，居然相信里加度會守**諾言**！」

我們都長嘆了一口氣，不再言語。我分別在三個機槍射口看出去，只見碉堡外有十多人守衛着，鐵門看上去非常厚重，而且加着老粗的**大鐵柱**。

我又看看那三個機槍射口，不足一尺見方，我和宋堅難以鑽得出去。

宋堅苦笑道：「現在我們唯一能做的，就是**求神拜佛**，里加度千萬不要找到那筆財富。」

我自然明白宋堅的意思，里加度之所以一直沒有把我倆殺掉，是因為他尚未找到那筆**財富**，或許仍需要我們的幫助。萬一他找到了那筆財富，我們的命就不用留了。

天色漸漸黑下來，我和宋堅都在猜想着里加度能否發現那筆財富。就在這個時候，外面忽然有些動靜，似乎有人來**碉堡**，我和宋堅都不禁緊張起來。

第卅二章

飢渴交加
死亡邊緣

我立即湊向射口看出去，只見里加度提着一盞燈，向碉堡走來。

我低聲説：「里加度來了！」

宋堅也低聲道：「希望他是來求我們，而不是來殺我們。」

鐵門傳來了兩下敲擊聲，接着便聽到里加度説：「怠慢你們了，你們可要食物麼？」

我和宋堅登時鬆了一口氣，里加度應該還未找到寶藏，是來求我們的。

他接着又説：「不過，泰肖爾島上**物資**缺乏，你們要有所貢獻，才可以獲得食物。」

果然沒錯，他想我們幫他找出藏寶的位置。我立刻大聲回應：「好，但閣下有過不守**承諾**的先例，所以你必須先把豐富**晚餐** 送來，我們吃完才告訴你藏寶的位置。」

里加度卻**哈哈大笑**道：「如今你們還有**討$價$還$價$**的條件嗎？除非你們能提供對尋找那寶藏有用的資訊，否則連水也沒得喝。你們自己好好想想吧！」

太可惡了！他要我們捱餓，直到我們告訴他藏寶的位置，讓他找到寶藏為止。但到時候，我們確實不用捱餓了，因為他已經可以把我倆殺掉。

里加度離開後，我和宋堅都臥在地上，宋堅絕望地說：「如果里加度找到了那筆財富，我們一定會被殺死；但如果他找不到，我們就得慢慢餓死。不論如何，我們都是死路一條！」

我安慰道：「別灰心，我們熬過一天得一天。在巨大的財富誘惑下，我不相信他真的會讓我們餓死。」

第二天早上醒來，我和宋堅飢腸轆轆，從射口看出去，那些守衛們在吃着早餐，我連忙坐下來，不再看下去。

里加度直到中午才來，站在門口大喊：「兩位可同意我的交換了？」

我從射口斜眼看去，只見里加度又穿了十分整齊的服

裝，**洋洋得意**。我大聲道：「我們早就同意了，只是你不願意給我們**豐富 ✗ 大餐**，我們餓着肚子，哪裏有力氣去思考藏寶的位置？」

里加度冷笑道：「想一直拖延，再找機會逃走嗎？你們在我面前不用**耍狡猾**了。不想餓死的話，就好好想一下藏寶的位置，然後告訴我！」

他拋下這一句又轉身離開，直到下一天中午才再來。

在那一天一夜中，我和宋堅與極度的飢渴鬥爭着。我們盤腿而坐，嘗試以**靜坐**來抵抗飢餓。

第三天的中午，一陣烤雞的氣味將我們靜坐的成果**毀於一旦**。我連忙從射口看出去，只見里加度手中拿着一條**烤雞腿**，一邊咬着，一邊說：「怎麼樣？想到了什麼**線索**嗎？」

里加度居然以烤雞的香味來折磨我們，我索性跟他賭一把，威脅道：「把我們餓死吧！大家都得不到那筆財富，**一拍兩散！**」

里加度冷笑道：「激將法對我是沒有用的。我有的是時間，只要寶藏真的在島上，我終有一天會找到。可是，你們**捱餓**還能捱多少天？」

這個問題我自己也回答不了，我和宋堅已經餓了兩日兩夜。里加度吃完雞腿，掉下**骨頭**，轉身就走了。

那根雞腿骨一落地，一群**土狗**便跑過來搶着啃，我怕我們再捱餓下去，也會跟牠們做相同的事情。

我們只能靠喝水坑裏不乾淨的水維持生命，又熬過了兩天，我們終於熬不住了，決定等里加度來的時候，無論如何也亂編一些線索，希望能換取**糧食**。

怎料這天里加度如常中午來到的時候，沒有問寶藏的

線索，一開口就說故事：「兩位可曾聽過這個故事？**紐約曼哈頓區**的地皮，是全世界最貴的，有一個人剛好在中心點擁有一塊小地皮，兩旁的人都爭着向他買，價錢**愈來愈高**，但那個人卻不賣！」

我和宋堅**面面相覷**，不知道他想表達什麼，只聽到他的語氣愈來愈得意，「結果，人家放棄購買了，在那一小塊地皮的附近，建造了七八十層的**高樓**，而那塊小地皮被圍在中間，成了廢物，結果只能造成一間廁所。哈哈！」

我和宋堅有不祥的**預感**。里加度說：「兩位，這正是你們的**寫照**，現在，我已用不着你們了！」

我詫異地問：「你找到那筆財富了？」

里加度在**碉堡**外大笑而不答，只喊道：「開門！」

接着聽到開鎖聲和扯鏈聲，門被打開，里加度**趾高**

揚氣\\\地走到我們面前，身旁有幾名手下，各拿着槍指住了我們，里加度喝道：「站起來，高舉**雙手**，我帶你們參觀一項工程，你們在前面走！」

我和宋堅?大感疑惑?，在手槍的指嚇下，我們只好照做，走在前面，聽他的指示走，宋堅的腿傷也好了不少，能自行走路。

里加度和幾個胡克黨徒拿着槍跟在後面，我們一有異動就立即會變成黃蜂窩！

　　約莫走了半個小時，我們來到那四塊石碑所在的山頭上，只見上次那個 **大坑** 已經填平了，那四塊石碑仍是屹立着，一個熟悉的人影正背負雙手，來回踱步。

　　「**白奇偉！**」我和宋堅都不禁驚呼。

　　里加度一笑，「他是昨天晚上到的，經過一夜商議，決定他佔一份，我佔九份，他已經知道藏寶的準確地點了！」

　　我和宋堅都大感 **驚訝**，白奇偉真的已經知道？

　　只見白奇偉冷冷地望了我們一眼，便向里加度走過去說：「里加度先生，這四塊 **石碑**，可曾被移動過？」

　　里加度回答：「沒有。」

　　白奇偉點點頭，「那就好，因為依我推斷，白鳳之眼，朱雀之眼，青龍之眼，白虎之眼，共透金芒，就是這個意思——」

他一躍來到那塊刻着虎形圖案的石碑旁，指着虎眼的小孔説：**「這便是白虎之眼！」**

里加度「**嗯**」了一聲。

白奇偉拿起放在石碑旁的一根**強力電筒**，湊在那眼睛小孔上亮起，這時天色已經有點昏暗，電筒光從那小孔處透出去，遠遠地投在三十碼開外的一處地方，白奇偉説：「里加度先生，請你在那地方做一個*記號*。」

里加度吩咐一個胡克黨徒，在那團亮光處插上了一條 (竹)(椿)。

白奇偉轉身一躍，又來到了那刻有青龍圖案的石碑旁，將**電筒**湊到龍眼的小孔部位照出去，光線正好又照在剛才所插的那根竹椿之下！

里加度禁不住發出了一聲歡呼：**「是那裏了！」**

我和宋堅的心往下一沉，白奇偉尋找正確地點的方法，

和里加度不同，那竹椿所插的地方，離上次挖掘之處，約有二十多碼的距離，乃是一堆**亂石**，看來真像是有意堆上去的一樣！

如果另外兩塊石碑上的**眼睛**小孔，在電筒光透過之後，也是照在那個地點的話，那毫無疑問就是埋藏該筆**龐大$財富**$的真正位置了！

我心中不斷地苦笑，一方面佩服白奇偉聰明，能想出藏寶的正確位置；但同時亦痛恨他太笨，居然不知道如果里加度真的成功得到了那筆財富，便會將我和宋堅，連同他一起殺死！

第卅三章

被困荒島

他們有七八個人以槍指住我和宋堅，只要寶藏一出現，我們**必死無疑**！

里加度洋洋得意地問：「兩位，你們看怎麼樣？」

我和宋堅自然**無言**以對。

白奇偉繼續在第三、第四塊石碑小孔上，湊近電筒去照射，射出來的光芒，都是落在同一個地方，白奇偉**不可一世**，像指揮着千軍萬馬的將軍般，指住那地點喊道：「掘吧！」

里加度一揮手，一陣馬達聲響，掘土機軋軋響地開了過來。

白奇偉步向我們：「兩位好。」

宋堅冷冷地說：「奇偉，你夢想佔一份，但里加度卻

一文錢都不會給你的！」

　　白奇偉哈哈一笑，「**葡萄酸得很，是不是？**衛斯理，在被**餵鱷魚**之前，你還有什麼話要説？」

　　我竭力保持冷靜，説：「希望你能逃得過被餵鱷魚的命運。」

　　白奇偉「**哼**」的一聲便走開去，里加度**全神貫注地**看着挖掘工作，我向四周一看，只見山頭上所有胡克黨徒都和里加度一樣，聚精會神地望着那**掘土機**！

　　我低聲説：「宋大哥，寶物一現，必有一番**騷動**，到時我們就學李根那樣，趁機往山下逃去。」宋堅點了點頭。

掘土工作進行得十分順利，不一會，已經掘出了一個近兩尺深的土坑。就在此時，響起

了「**錚**」的一聲，里加度和白奇偉一齊俯身看去。那土坑並不太深，所以我和宋堅也勉強看到，有一個黑黝黝的巨大鐵箱，已露出一角來！

剎那間，整個山頭上的人都瘋狂地歡呼跳起！圍住我們的七八個胡克黨徒也不例外，他們甚至將手中的槍械拋到半空，狂呼吼叫，向土坑湧去。

我和宋堅**毫不**猶豫，立即向山下**逃跑**，一直逃到了山腳，我倆喘着氣，宋堅苦笑道：「這筆財富最終還是落在胡克黨的手中。」

　　我內疚地說：「都是我不好，想出假裝和他們合作的**爛主意**。我一定會盡力將這筆屬於七幫十八會的財富追回來的！」

　　宋堅安慰道：「不是你的錯，是奇偉幫他們把寶物找出來的。」

　　這時我想起表妹紅紅，十分擔心，「我們先回到**快艇**上再說！」

我倆在草叢裏伏着前行，聽到胡克黨徒的**歡呼聲**此起彼落，發現**寶藏**的消息顯然已經傳了開去。四面八方都有人擁上那山頭，這種瘋狂的情形，卻給我們帶來了極大的方便。

我們到了海邊，那艘快艇仍停泊在那裏，**碼頭**上冷冷清清的，一個人也沒有，相信所有人都跑到那山頭上去了。

我和宋堅躍上快艇，到了後艙，我用力蹬了幾下艙板叫道：「**紅紅，你在麼？快出聲！**」

老天保佑，紅紅的聲音從艙板下面傳了上來：「**不公平！不公平！**」她一面叫，一面掀起艙板，鑽了上來。

我一見她**安然無恙**，根本不和她多說什麼，連忙檢查燃料，發動馬達，三副引擎齊聲怒吼，快艇便如箭離弦，向外疾衝，轉眼間，已從那**環形島**的缺口穿出去了。

直到這時候，我才聽到紅紅在我身邊喋喋不休地問：

「第一百三十五次問：表哥，找到了寶藏沒有？第一百三

十六次問：表哥，找到了寶藏沒有？第一百三十七次——」

我回過頭來，大聲說：「**沒有！**」

紅紅瞪大了眼睛，「沒有？那我們為什麼離開**？**」

我大聲喝道：「**閉嘴！**快去準備食物，我們已經有

四五天未進食了！」

紅紅又問：「為什麼**絕食**呢？」

我氣得不能説話，瞪大眼睛看着她，她才識趣地轉身去準備食物。

我減慢船速，開啟了**自動航行系統**，然後便走進艙裏，只見宋堅已在**狼吞虎嚥**着罐頭食物，我也老實不客氣地人吃人喝起來。紅紅在一旁發問，連喉嚨都問啞了，可是我們兩人沒有一個回答她，因為我們口中都塞滿了各種**食物**！

足足過了大半個小時，我才抹了抹嘴説：「白奇偉和里加度**勾結**，他們已經掘出寶藏了。」

「**你們失敗了？**」紅紅既驚訝又失望，責怪道：「如果你肯讓我也上岸去，恐怕局面就不一樣！如果你們不將阪田教授當作壞人的話，只怕事情也成功了！」

宋堅禁不住疑惑地問：「王小姐，你怎麼會和我弟弟一起尋寶的？」

紅紅敘述道：「我本來就曾上過他的課。我被白奇偉那混蛋綁了去，放出來後，便遇上了他，我一說起自己的經歷，他便說知道你們這件事的 内幕 ，於是我們才一起行事的。」

我嘆了一口氣說：「不管他是好是壞。如今我們應該先將他接上船來，再作打算。」

宋堅點頭認同，我立刻駕駛快艇，向宋富所在的荒島駛去，沒多久便到達了。快艇靠岸後，紅紅在船上悶了那麼多天，嚷着要上岸走走，於是我們三人都登岸去。

「教授！教授！」 紅紅在荒島上邊跑邊叫，我和宋堅跟在後面。

當我們離岸邊已有數十米遠的時候，停泊在海邊的**快艇**忽然響起震天動地的**馬達聲**！

我們轉身一看，只見快艇已經箭也似的飛馳而去，船尾上站着一個人，正是宋富！

「快停下來**！**」宋堅怒吼着追上去。

可是宋富怎會聽話，他揮着手向我們道別，轉眼間，快艇已經遠去，連馬達聲也聽不見了。

我們三人都呆住，感到不知所措。但紅紅最快樂觀起來，發現一個尚未熄滅的**篝火**，便走過去說：「那一定是教授留下來的篝火，我們過去坐坐，先聊聊天吧。」

看到紅紅態度如此輕鬆，我禁不住問：「**怎麼你好像一點也不擔心？**」

紅紅笑說：「對啊，我有*預感*，不出一兩天就可以離開這個荒島了。」

「預感？」我愕然地問：「怎麼離開？游泳嗎？」

紅紅神秘地笑了一笑：「總之我有信心。」

我正想追問她哪裏來的信心時，忽然聽到宋堅叫道：「你們快來看！」

我和紅紅循聲看去，只見宋堅正在一塊大石後面，向我們不斷招手。我問：「什麼事？」

宋堅提起了一隻手，手中捧着一團泛起了火似的東西！

第卅四章

驚天動地大爆炸

我對 ✦ 💎 珠寶玉石 ✦ 頗有研究，祖父更是這方面的專家，當我一看到宋堅手上那**火紅色**的東西，立刻就吃了一驚。因為那種光輝和色澤，正是極品 **紅寶石** 💎 所獨有的！

我連忙跑到宋堅身邊，宋堅把那東西放在我的手心上，我細心一看，果然是一塊核桃大小的紅寶石。

這時候，紅紅也走了過來，一看到那麼美麗的紅寶石，便神經質地叫了起來，把紅寶石拿到自己手掌上**觀賞** 👁。

我問宋堅：「宋大哥，你是在什麼地方找到的？」

宋堅向地上一指：「我剛才想搬這塊大石頭到**篝火**那邊坐，怎料在石頭下發現了這顆寶石。」

「荒島上怎麼會有這樣貴重的寶石？」我感到疑惑，伸手向紅紅說：「紅紅，把寶石給我再看看！」

「不！我還沒看夠！」紅紅後退了兩步，不小心踢在一塊**石頭**上，痛得她「哇」的一聲大叫。

然而，紅紅只叫了一半，我們三個人都一齊驚呼起來，因為紅紅的腳跟將那塊石頭踢翻後，發現石頭下也有着一塊**藍寶石**！

紅紅即時忘記了痛楚，俯身將藍寶石拾了起來。

「只怕還有……」宋堅皺着眉，一面向前走，一面連續翻起幾塊石頭，果然在第四塊石頭之下，又找到了一粒**鑽石**！

　　我覺得事情太古怪，便提醒道：「宋大哥，要小心

啊❗」

　　但紅紅已搶着說：「小心什麼？難道寶石會有毒嗎？」

說着也 蹦蹦跳跳 地走了上去，和宋堅一起尋寶。

　　「沒事的。」宋堅笑了笑，與紅紅兩人愈走愈遠。

　　紅紅不斷發出驚奇的叫聲，可知他們沿途有不少收

穫。他們走出了三十碼開外，來到另一塊大石的面前，正

想把石頭推開之際，我腦裏忽然想到一個 **疑點**⁇，立即

大喝道：「**住手！後退！**」

紅紅不滿地轉過頭來，「表

哥，又怎麼啦？」

我一面向前趨去，一面道：

「**快退後。我再向你們解**

釋。快！快！」

宋堅知道我一定發現了些什麼，所以

拉着紅紅向後退了開來。我解釋道：「你

們看到了沒有？你們所走過的路、找到寶石的地方，是成一

直線的！」

紅紅低頭一看，「那又怎麼樣？」

我不禁敲了一下她的頭説：「這還不明白？那些東西是

故意留下來，引你們走向那塊大石的！」

　　紅紅笑道：「用這麼昂貴的東西引我去一個地方，對他有什麼好處？對我又有什麼損失？」

　　我確實回答不了這問題，因為我心中也有這個疑問。

　　但宋堅畢竟是**老江湖**，覺得我說的話大有道理，便對紅紅說：「王小姐，我們再退開些。」

　　我們三人站到離那塊大石十來碼之外，宋堅和我互望了

一眼，然後從地上各捧起一塊十

來斤重的  ，向着前面

那塊大石疾拋過去！

　　只聽到「叭叭」

兩聲，石塊擊在那大石

之上，使大石搖動了一

下，就在那 電光火石 間，火光閃現，濃煙冒起，伴隨

着「轟」的一聲巨響，地面震動，群石亂飛，簡直像

世界末日一樣。我們都不禁驚叫起來，我和宋堅一起把

紅紅撲倒在地，保護着她。

　　爆炸過後足足半分鐘之久，周圍才回復寂靜。我們站起

來，看見那大石已 四分五裂 ，被煙熏得焦黑，地上

出現了一個足有三尺深的大坑！

　　我們都 **猶有餘悸** ，正思索着這個土製地雷是誰埋下

之際，海上突然響起了一陣急促的馬達聲，我叫道：「有人來了！先埋伏起來！」

由於不知道來者何人，**是敵是友**，我們迅速後退，伏在草叢之中。

馬達聲戛然而止，接着傳來了宋富的大叫聲，不斷地喊：「紅紅！紅紅！」

原來是宋富開快艇回來了！我回頭看了一眼紅紅，發現紅紅眼角已經濕潤起來，我 **大惑不解**，再向外看去，只見宋富 **飛奔** 到爆炸地點的大坑前，突然雙腿一曲，跪了下來。

「紅紅……我已經立刻趕回來了，只是想不到……紅紅 **！**」

我絕對不能設想，集奸詐、狠辣、鐵石心腸之大成的宋富，竟然 **抽抽噎噎** 地痛哭起來。

我們三人互望了一眼，又向前看去，只見宋富站了起

來，突然又叫道：「大哥，做兄弟的，又豈會存心害你？」

此時宋堅的眼角也流出淚水，同時，宋富忽然掏出一柄

手槍，分明是準備自殺謝罪。

我們大吃一驚，紅紅立刻驚叫：「**教授！**」

宋堅也霍地站了起來，「**兄弟，我們全在！**」

但同時，「**砰**」的一聲**槍響**，我們都不禁**呆若木雞**，因為宋富已經開槍自殺了。

不過，我們發現一直跪着的宋富不但沒有倒下，還忽然站起，轉過身來。

紅紅最先歡呼，衝上前擁抱着宋富。

原來剛才紅紅一叫，令宋富的手震了一震，**子彈**在他額邊掠過，連頭髮都焦了一大片。

我們鬆了一口氣，宋富和紅紅擁抱過後，不好意思地說：「原來你們沒有中陷阱？」

「他們兩人就差一點兒。」我用**拇指**和**食指**比出極微小的距離。

宋富苦笑道：「我偷偷開走你們的快艇，只是想教訓一下你們，以洩我心頭之恨，本來打算一日後就以 **救世主** 的姿態回來接你們的。」

紅紅嬌嗔道：「這個 **炸彈** 也是給我們的教訓嗎？」

宋富連忙解釋：「當然不是！這個 **陷阱** ，沒錯是我設下的，不過目的是防範胡克黨徒登岸對我不利。」說到這裏，宋富忽然尷尬起來：「我快艇開到半途才記起這件事，擔心你們會誤中陷阱，已經用最快的速度趕回來了。」

看紅紅和宋富剛才擁抱的舉動和說話的語氣，兩人的關係已 **不言而喻** ，怪不得紅紅一直充滿信心，認為不出一兩天就能離開荒島，因為她知道宋富一定會回來接她。

可是我還有一點想不通：「做炸彈的 **火藥** 你是從哪裏弄來的？還有那些 **稀世寶石** ……」

宋富抬頭向我望了好一會，縱使他對紅紅有**愛意**，對宋堅有**兄弟情**，但對我是否能恨意全消，實在難説。

紅紅立刻替我講好話：「教授，剛才如果不是表哥，我們都已成粉末了**！**」

宋富沒説話，只是微笑着伸出手來，我立即也伸出手去，和他緊緊地握了一下手。

宋堅鬆了一口氣，紅紅也**面露笑容**。宋富説：「關於那些火藥和寶石，**說來話長**，你們最好直接跟我來。」

我們便跟着宋富走，翻過山頭，來到了島的另一邊。那裏幾乎全是岩石，有着不少**岩洞**。宋富一面走，一面説：「我在島上幾天，沒事可做，便走遍了這些岩洞，結果有非常意外的發現。」

説到這裏，我們已經來到了一個岩洞面前，宋富領着我

們走進去，他在地上拾起了一個**火把**，那火把顯然也是他

在前兩天紮成的，他掏出打火機，將火把點着。

　　他帶着火把，向前一照說：「你們看。」

　　我們藉着火光向前看去，不禁為之一呆。只見那山洞中，竟有着十堆完整的骸骨，白骨森森，可怖非常！

第卅五章

反擊行動

「這十具骸骨，我並沒有移動過，而你們所拾到的那些寶石，連同我這裏還有一些，都是在這十具白骨下發現的。」宋富説。

「這十個是什麼人❓」紅紅驚奇地問。

宋富還沒回答，宋堅已慨嘆道：「毫無疑問，他們是當年七幫十八會派出來、跟着青幫司庫于廷文，前來埋藏財富的十位兄弟了。于廷文在回去前，親手將這十個人殺死。」

「原來他們死在這裏。」我也感慨萬千。

宋富冷冷地説：「這十個人顯然也不是什麼好東西，我拾到的珍寶，自然是他們當年 *見$財$起意* 藏在身上的，于廷文將他們打死，卻忘了搜他們的身，年月久了，皮肉已腐，就剩下白骨和寶石！」

我覺得宋富的推斷十分有理，追問道：「那麼火藥也是在這裏發現的嗎？」

宋富説：「不錯，有幾層**油布**，包着一大包**火藥**，我只取了其中一半而已。」

他一面説，一面指向岩洞一角，那角落裏果然有一個解開了的油布包裹！

宋堅又嘆了一口氣，「七幫十八會為了這筆財富

大費周章、竭盡心思,卻又怎會料到,龐大的財富最後竟落入胡克黨手中！」

宋富面色一變,「**什麼？**已落到胡克黨手中?」

我便將我和宋堅兩人,在泰肖爾島上的所見和遭遇,向宋富詳細地說了一遍。

但宋富想了一想,推斷道:「照我看來,里加度和白奇偉仍未找到那筆財富。」

我立即説:「可是我們逃走時,已看到了那**大鐵箱**的一角！」

「**那鐵箱可能是空的。**」宋富分析道：「因為不論是里加度在四個石碑的 **中心點** 挖掘，還是白奇偉以石碑眼孔所透射的 **光線交會點** 來挖掘，位置都是在四個石碑包圍的範圍內。任何人看了那段文字，即使解不通當中的意思，只要有 **恆心** 和 **毅力** 把白鳳、朱雀、青龍、白虎四個 **石碑** 之間的範圍全挖掘，也是會找到那筆財富的。」

宋富的話使我 **如夢初醒**，我立刻附和道：「我明白你的意思了，于廷文不會選擇這麼明顯的位置來埋藏財富。所以白奇偉掘到的鐵箱很可能是空的，是于廷文故意轉移視線，讓外人以為財富已被人奪去，放棄繼續尋寶！」

「說得有道理。」宋堅點着頭，突然擔心起來，「但如果那鐵箱是空的，白奇偉會不會 **遭殃**？」

我苦笑道：「財富沒出現，他反倒有 **一線生機**；萬一鐵箱裏真的有寶藏，他就 **必死無疑** 了。如今我們要想辦法對付胡克黨！」

宋富又説：「其實對策我已想到了，你們在泰肖爾島上，可注意到他們的 **食水水源**，是集中還是分散的？」

我和宋堅都沒注意這事情，但紅紅卻立即説：「我知道，在 **碼頭** 附近，有兩個 **深水井**，將井水泵到一個 **大蓄水池**，然後再輸送出去的。」

宋富喜道：「那就好辦了 **！**」

我和宋堅齊聲反對：「下毒藥未免太狠了，島上至少有一千人！」

只見宋富笑了一笑，從袋中取出一個小小的玻璃瓶，瓶裏只有約二十毫升的 **褐色藥水**，他揭開了瓶蓋説：「你們聞一聞。」

　　我們湊了上去一聞，立刻有一陣昏眩的感覺，宋富笑道：「這種藥物是我從東非得來的，當地土人叫它『**冬隆尼尼**』。」

我立即説：「那是在地上打滾的意思。」

宋富既驚訝又欣賞地望了我一眼，然後繼續説：「對。這種藥物，放兩毫升在靜止不動的溪水中，便足以令所有來喝溪水的動物渾身乏力，倒地不起，只能在地上打滾，持續至少三日，等同大病一場，失去自衛能力。而要令島上胡克黨徒全病倒，只消半瓶就夠了。」

宋堅立即想到説：「但問題是，未必人人都在同一時候飲用已下毒的水。」

宋富馬上又笑道：「這『冬隆尼尼』的妙處，就是會潛伏體內兩天，飲用了的人會在兩日後才病發。我想，兩日內，所有的人總不能不喝水，而我們下毒之後，只要等上三四日，就保證全島的人都失去反抗能力了。」

宋堅接着説：「到時我們便可以把握機會救出白奇偉，甚至找到那筆財富再離開！」

白奇偉雖然多番加害我們，但他畢竟是**白老大的兒子**，我們不能**見死不救**，我也連忙說：「宋兄既然有『冬隆尼尼』這樣的妙藥，我們**事不宜遲**，立即再到泰肖爾島去！」

我們來到海邊，登上 **快艇**，向泰肖爾島的方向飛馳，到達環形島外圍的時候，便停了下來。

等到天黑，我們四人划着一條**橡皮艇**，靜悄悄地往環形島的缺口處划去，發現那裏**探照燈**的光芒照得海面全亮，守衛如常。

我說：「那缺口是不能硬闖的了，只能翻山而過，我一人去就可以了，你們回到快艇等好消息。」

　　我説完便帶着那瓶**藥**，從橡皮艇跳到環形島的岸邊，向峭壁上攀去。可是攀了沒多久，便發現宋堅也跟了上來，他説：「衛兄弟，我不會讓你**孤軍作戰**。」

　　我倆又攀了一會，好像聽到後方有些動靜，回頭一看，發現紅紅也**按捺不住**跟來了，而毫無疑問，宋富也陪伴着她，因此變成了我們四人一起行動。我不禁嘆了一口氣，替我們的處境**擔憂**。

　　到了半夜時分，我們已經翻過了山頭，悄悄潛入了一個岩洞中歇息着。就在這個時候，海面上忽然有動靜，看上去

就像有兩條魚向泰肖爾島游去，激起兩行水花，但那速度卻快得**猶如 水雷**。

我們向前望去，如果從環形島游到泰肖爾島，約莫有七八百碼距離，我們四人都有信心能應付，但我說：「**我們沒必要四個人一起去下毒。**」

「為什麼不可以？」紅紅總是喜歡抬槓。

我和她**爭論**起來，我說不必所有人一起冒險，她卻說團結就是力量，互相照應。而宋堅和宋富雖然贊成不需四人同

去，卻也爭着要當下毒的先鋒。

就在我們**爭論**不休之際，泰肖爾島上忽然響起了「**轟**」的一聲巨響！

只見泰肖爾島上，石塊與火光交熾着，*漫天飛舞*，原本平靜的海面也起了極巨大的*波浪*，浪頭有幾丈高，拍打在岩石上，海水湧入我們的岩洞，我連忙大叫：「**抓緊石壁！**」

海水差點把我們捲了出去，幸好我們都抓緊了身旁的石壁，待海浪平靜後，我們再向泰肖爾島望去，只見島上有一處地方在冒着濃煙，噴着火焰，發出轟轟之聲，隱隱地還可以看到有人在忙亂奔逃。

看到此情此景，我們都不約而同地驚叫起來：「**火山爆發啊！**」

第卅六章

宋富凝神看着眼前的景象說：「這可能是小型火山，但也可能是大規模火山爆發的前奏！」

就在這時，許多小艇紛紛從泰肖爾島開出來，為數約有八十艘之多，每一艘都載着三幾個人。

但同時，急驟的馬達聲響起，一艘快艇衝浪而出，所過之處，濺起老高的浪花，將附近十來條小艇掀翻，而那艘快艇來到環形島的缺口便停了下來。

我們可以看到那快艇上架着兩挺 重機槍，除了機槍手之外，另外還站着一個人，隔得很遠，看不清樣貌，只見他手中拿着一個擴音器怒叫：「**回去！回去！誰接近出口，我便下令機槍掃射！**」

一聽聲音，我們便知道他是里加度了。

可是，他儘管叫，不少 小艇 卻依然要衝出去，當然是因為泰肖爾島上火山爆發，大家都 倉皇 逃跑。

里加度身為首領，自然不希望因為小小的火山爆發，而失去整個 犯罪王國，所以便拚命遏止。眼看那不聽命的三十來隻小艇快要到達出口之際，里加度突然揮手下令：

「*開火！*」

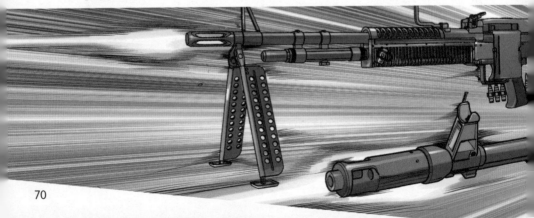

　　霎時間，響起了一陣驚心動魄的子彈呼嘯聲。海面上，水柱此起彼伏，**蔚為奇觀**。部分小艇上有着零星的反抗槍聲，但前後不過十來分鐘，若干小艇已沉下海底，而其他小艇都停了下來，不敢前進。

這時候，又有三艘快艇掠過了海面，和里加度的快艇排成一字，封住了出口。這三艘快艇上的胡克黨徒，顯然是里加度的 親信 。里加度又用  擴音器 說：「大家快回到島上去，除了這個島，我們絕對沒有第二個地方去！」

其中一條小艇上有人大叫：「可是島上火山爆發，我們都得化灰 ！」

里加度厲聲道：「你們看看這個島的形狀，本來就是火山爆發所造成的，但那是很久以前的事，早就成了 死火山 ！」

但小艇上的人紛紛質疑：

「死火山怎麼會冒火？」

「我們感到地在動，山在搖！」

「出去有生路，在這裏只是等死！」

里加度一聲大喝：「我說守在島上！誰要出去的，夠膽就划船過來！」

里加度一講完，緊接着又是八挺重機槍一齊呼叫的聲響，八條火舌，數十條水柱，任何人看了也不免**心驚肉跳**！

八挺**重機槍**只響了一分鐘，卻比里加度講上一個小時還有用，海面上的小艇都紛紛返回泰肖爾島去。

等到所有小艇都回去後，里加度的那四艘快艇也向泰肖爾島駛回去。

「我們是不是要到島上去？」紅紅問。

　　我連忙說：「我們應該到島上看看到底發生什麼情況，但一個人去冒險就夠了，其他人留在這裏待命。」

　　紅紅正想爭奪這任務之際，宋富已開口道：「大家不要浪費時間爭論了，我們抽籤決定吧！」

　　他連籤都做好了，讓大家去抽，結果是我抽中要去泰肖爾島。

　　我怕紅紅不服輸，連望都不向她望一下，便立刻脫去外衣躍入水裏去。

　　我游到泰肖爾島，在島的側面攀了上岸，並翻過一座

山頭。

　　這時候，天色已大明。我在山頂上看到不少人聚集在

另一個山頭上，那山頭有一個老大的洞，正在冒着濃煙。

我心想那一定是昨晚爆發的火山口了。

　　可是我心中又不禁起疑。我曾見過許多著名的火山

口，它們雖然形狀不一，卻毫無例外地都有着一股死氣，但這個火山口給我的感覺卻不一樣，它更像是一個兩千磅**巨型炸彈**所造成的深坑。

那些圍在火山口旁邊的人，都不敢十分接近，只是老遠地**指指點點**，似乎都很害怕。

我望了沒多久就下山，在山腳碰到兩個胡克黨徒迎面而來。我剛準備出手之際，那兩人卻好像完全沒在意我的存在，經過我身邊時，他們在驚惶地說：「**末日來了！**」

看來島上那一下火山爆發，確實為胡克黨徒帶來了莫大的恐慌。

我繼續向前走，碰到的胡克黨徒都**垂頭喪氣**。不一會，我來到了島上最豪華的屋子，相信是里加度的住所。只見屋外聚集着不少胡克黨徒，想**抗議**卻又不敢有什麼舉動，因為屋子圍牆上都架滿了重機槍。

　　為免被里加度發現，我不敢久留，於是繼續走，又看到了一所空的 屋子，於是潛入去看看。屋內果然沒有人，而且擺放了李根的照片，一看便知這裏是李根生前的住所。這裏沒什麼值得我深究的地方，我只拿了他的一本 日記簿便離開了。

最後我來到了 **碼頭**，發現碼頭已經因為剛才 **驚天動地** 的變故而毀去了，那兩個蓄水池也不再存在。而深水井是沒有法子下毒的，我所帶的 **妙藥** 「冬隆尼尼」已 **無用武之地**。

我只好又游回那個環形島去，將我在島上所見到的，對宋堅、宋富、紅紅三人講了一遍。

宋堅說：「照這樣看來，胡克黨徒遲早也會離開泰肖爾島的！」

宋富更 *胸有成竹* 地說：「不錯，只要能再有兩下類似的火山爆發，他們一定會全逃離泰肖爾島，而我相信很快就會有下一次 **爆炸**。」

我好奇地問：「你為什麼說得那麼肯定？你觀察到什麼**天然現象**嗎？」

宋富笑道：「如果是火山爆發，還比較難預測，但如果是人為爆炸的話，就一定會發生。」

他愈說愈玄，我正想追問的時候，泰肖爾島上果然又響起了「**轟**」的一聲巨響，海面上同樣起了一個**巨大**的**浪頭**，但我們吸取了上次的教訓，早已移到另一個巨浪打不到岩洞。我們望向泰肖爾島，只見島上又冒起了一股濃煙。

宋富看到整個過程，不

禁讚嘆：「這是什麼人使的**好妙計**！」

紅紅不明白，追問宋富是什麼意思。宋當解釋道：「我最初也以為是火山爆發，但聽到衛兄弟所形容的火山口，再加上我這次細心觀察，我幾乎能肯定，這個火山爆發是人為的。一定是有人利用一個 **死火山口**，放下了巨量的**炸藥**，仕製造火山爆發的假象，旨在**瓦解**胡克黨！」

我們正在驚歎之際，宋富卻又補充：「不過，此計雖妙，但同時也冒着極大的風險。如果那個火山口本身仍具活動性的話，那麼説不定會激發起真正的 **火山爆發**，甚至會令整個小島**陸沉**！」

就在我們交談間，只見許許多多的 **小艇** 又逃離泰肖爾島，而那四艘快艇同樣衝了出來攔截，和第一次爆炸後的情況一樣。

不同的是，站在快艇上的里加度也顯得有點慌張，而

　　所有的小艇都不顧里加度的喝止，一直向前衝過去，其中幾

條小艇甚至配備着輕機槍，**毫不客氣**地向着快艇掃射！

　　四艘快艇開槍還擊，但是小艇數目眾多，在小艇圍攻掃

射之下，快艇上的**機槍手**也忙於躲避，難以操

作機槍。

　　眾小艇 **浩浩蕩蕩** 地擁向四快艇，隨即見一個個

手榴彈  從各小艇拋到快艇上，連番爆炸後，四艘

快艇便迅速沉了下去，而環形島的缺口處立即中門大開，

所有小艇魚貫逃了出去。

　　轉眼間，胡克黨徒死的死、逃的逃，海面上浮着那四

艘快艇和若干小艇的殘骸，也有一些屍體，包括了里加度。

雖然胡克黨徒做盡壞事，沒有一個是好人，但我們四人看到這情景，都慨嘆不已。

宋堅說：「經過這一場殘殺，只怕泰肖爾島上，已沒有胡克黨徒了。」

宋富一臉疑惑，「用這個計策將胡克黨徒趕跑的人，到底是誰？」

我認真地想了一想，有這種雄才偉略的人，根本寥寥可數，我一時之間只想到兩個，不禁叫了出來：「難道是他們？」

第卅七章

決一高下

　　我想起的人，正是**白老大**和**白素**，我說出來後，宋堅不禁點着頭認同道：「我也覺得是他們，除了白老大和素兒，誰還能有這樣的氣魄和智謀？」

　　紅紅立刻調侃道：「那還等什麼**？**表哥你不趕快去泰肖爾島見你的白小姐嗎**？**」

　　我一時感到尷尬，宋堅替我解圍說：「如今島上沒有胡克黨徒，我們可以一起前去，也不必游泳了，去將我們的快艇駛進來吧！」

於是我們四人退了出去，開快艇駛到泰肖爾島。

我們登岸後，沿着海邊，朝着冒煙的方向走，來到一處山腳下的時候，忽然「**達達達達**」地響起一陣機槍聲，嚇得我們伏在地上。

槍聲停了後，只聽到一把熟悉的聲音在哈哈大笑，我們循聲看去，原來是白奇偉握着一柄**手提機槍**，剛向天掃射完一排**子彈**，然後指嚇着我們。

我們不得不舉起雙手，站起來。

白奇偉的神色十分**憔悴**，卻哈哈大笑道：「各位忙了幾天，結果還是一樣落在我的手中！」

宋堅說：「奇偉，快放下槍，你**父親**很可能也在這裏！」

白奇偉冷笑道：「他老人家如果來的話，只會發現你們被胡克黨徒殺死！」

我們四人都明白他這句話的意思，就是他已下定決心，要將我們殺死，反正**死無對證**，可以嫁禍到胡克黨徒身上，他自己卻**置身事外**！

宋堅怒喝道：「奇偉！」

白奇偉哈哈大笑，手提機槍的**槍口**已經對準我們，手指也慢慢地緊了起來，宋富大喝一聲，想冒死撲倒白奇偉，卻被宋堅慌忙按倒在地上並喝道：「**伏下**！」

同時我也伸腿一勾，將紅紅勾跌在地，我們四人一齊倒在地上，向外滾去，希望能避過子彈。

就在此時，傳來了「**嗤**」的一聲，而幾乎在同時間，響起了「**錚**」的一聲，白奇偉手中的手提機槍似是被什麼東西擊中，向上猛地一揚。

在那**電光火石**間，一排子彈呼嘯而出，但因為槍口向上揚了一揚，所以子彈都在我們頭上掠過。

　　緊接着又是「嗤」的一聲，這一下我們都看清了，一枚 **銀鏢** 射向白奇偉的手腕，痛得他「**啊**」的一聲怪叫，手中的機槍也掉下，我和宋氏兄弟幾乎同時躍起，向那柄機槍撲了過去。

　　但是，我們三人的 *身法* 雖快，卻還不如另一人快！那人從草叢中掠出，身如輕煙，瞬間已將 **手提機槍** 抄在手中，我們三人都吃了一驚，只見那人一身 白衣服，長髮披肩，正是白素！

　　我們呆了一呆，尚未出聲，白奇偉已失聲道：「**妹妹！**」

　　白素回過頭去：「哥哥，你好事也幹得太多了！」

　　宋堅連忙問：「白老大也來了嗎？」

　　此時一把 **蒼老** 的聲音接口説：「**我也來了！**」

　　白老大現身，我連忙迎了上去説：「我們早就猜到，那

是你的**妙計**👍了！」

白老大笑了一下，「你們辛苦了！」

白奇偉的面色難看之極。白老大沒理會他，先和我們握了手，伸手在宋富的肩頭上拍了拍，「你果然和你大哥一模一樣，那二十五塊鋼板被你設計取去，我佩服得很！」

宋富聽到白老大如此稱讚自己，開心得**哈哈大笑**起來，「**白老大太客氣了，哈哈……**」

宋堅也**自愧不如**説：「他一直比我強，只不過脾氣**執拗**些罷了。」

宋富不斷笑着，心中十分高興，可能他一生也從未被人如此稱讚過，尤其稱讚他的人，是極有身分地位的白老大，還有一直搶過他風頭的親哥哥。

我們説笑了一會後，宋堅**言歸正傳**，替白奇偉求情道：「老大，這次我們爭奪這筆財富，各出其謀，奇偉雖

然做得過分些，但年輕人難免 **好勝心** 強……」

白老大登時面色一沉，「宋兄弟，這畜生如此不肖，不能留了 **！**」

聽到白老大 **威嚴無匹** 地講出這句話，我們都不禁吃了一驚，白奇偉面色一變，**倔強** 地反駁道：「如果我做得過分，他們好幾次落在我手中，早已沒命了！」

我不免有點生氣，冷冷地說：「白兄，你也曾落在我們手中多次，難道你忘記了 **？**」

白奇偉「 **哼** 」的一聲，「剛才若不是阿爹趕到，你們已經──」

他的話還未講完，白老大便厲聲吼道：「**住口！**」

白奇偉一挺身，「不說便不說！」

「你這畜生！」白老大**面色鐵青**，正想一掌擊出之際，宋富立即將白奇偉推開說：「白老大，且慢！」

「宋兄弟，你也要為這畜生求情❓」白老大的掌已凝在半空。

宋富説：「白老大，他這種脾氣，我最了解，不論你怎樣懲罰他，甚至殺了他，他心中也是不服氣的。但我有一個辦法，可以令他 **心服口服**。」

宋堅緊張地説：「你既然有辦法，還不快説？」

宋富笑道：「我看，奇偉老弟，主要還是對衛兄弟不服氣，是不是？」

白奇偉冷笑一聲，「**衛斯理算什麼東西？**」

我**勃然大怒**，正想發作，但白素溫柔地按住了我的手，我從她的眼神能感受到，在這段別離的日子裏，她有多少話想對我傾訴。我滿腔的**怒火**在剎那間便**煙消雲散**了。

宋富繼續說：「奇偉老弟，你還未找到那筆財富，是个是？」

白奇偉悻然地「**嗯**」了一聲。

「既然我們都還未有頭緒，那麼奇偉老弟和衛兄弟兩人不妨各自**竭智盡力**，思索那筆財富埋藏的地點，誰先想出來，誰便得勝！」

我立即說：「好，這可比

動手動腳文雅多了，也不會**殃及池魚**！」

白奇偉也不示弱道：「好就好！」

宋富一笑，「好，那我們便 **一言為定** 了。我看，我們大家也可以思索一番，如果是我們先想到了，那麼奇偉老弟和衛兄弟根本都**不值一哂**，以後就別再認威風了！」

聽到宋富這麼說，他們都差點笑了出來，而白老大亦點頭認同道：「這樣也好，讓他看清楚自己的**斤両**，別以為自己**不可一世**。」

白奇偉還想反駁，宋富連忙說：「我們該向那個有石碑的山頭去了。」

白素也說：「我們帶來的東西和食物，也全在那個 **山頭** 上。」

於是我們一行人往那個山頭走去，一路上，我們向白老

大交代事情的經過，而白老大和白素亦講述了他們趕來此處的過程。

原來我們四人所看到，那兩條快如水雷的飛魚，正是白老大和白素，那是白老大設計的一種小型**水中推進器**，可以令人在水中迅速前進。而白老大在那個火山口中佈下了大量的**烈性炸藥**，又在海邊佈下炸藥，同時爆炸，看起來就像真的火山爆發一樣。

天色已黑了，我們到達那個山頭後，白素在她原本已支起的**帳篷**裏取出食物，我們在帳篷外燃起了一個**火堆**，圍着**席地而坐**，吃飽了乾糧，在宋富和白奇偉的談話中，我們得知白奇偉和里加度兩人提起了那個**大鐵箱**後，發現箱內空空如也，**一無所有**。里加度**一怒之下**，將白奇偉關了起來，但因為兩次爆炸，震毀了建築，白奇偉才得以脫身。他並不知道白老大和白素已經來

到，他是在前往查看火山口的途中，和我們遇上的。

我們談着談着，不知不覺間已到了午夜。

白素和紅紅兩人已經進了帳篷，我們幾個人都準備露天而臥。

但就在這個時候，遠處突然響起了「**隆隆**」的巨響，震人心弦，接着便看到个遠處的一個山頭上，冒起了一道筆似的紅光，衝向雲霄！

在那一瞬間，我們都呆住了**！**

繼而又傳來了一陣**嗤嗤**的聲音，許多濃煙噴向半空。

白素從帳篷中走出來問：「爹，可是我們的炸藥未完全**爆發**，留到現在才爆炸**？**」

正在說着，又是一陣「隆隆」聲，從地底下傳了過來，整個山頭都在震動！

　　只見宋富雙眼瞪得不能再大，叫道：「**火山真的爆發了！**」

第卅八章

火山爆發

　　雖然很快就靜了下來，但見那火山口處不斷冒着**濃煙**，我連忙說：「我們快撤退吧！」

　　沒想到白奇偉冷笑道：**「衛斯理，你不敢和我比試下去嗎？」**

　　他正站在一塊石碑前，冷冷地望着我。

　　我不甘示弱，便說：「好，那麼我們兩人留下，其餘的人先**撤退**好了。」

　　宋富站了起來，「我對火山有點經驗，讓我先去看看目前的情況，很快就回來。」

宋堅提醒道：「萬事小心！」

紅紅從帳篷裏探出頭來，嚷着也要跟去，被我們**厲聲喝止**，她才老大不願意地留下。

宋富走了後，只見白奇偉繞着那四塊石碑**團團轉**，思索着，絕不浪費半點時間。我也連忙走了過去，一邊觀察石碑，一邊苦苦思索。

其餘的人都不出聲，不敢**打擾**我們，只希望我們盡快**分出高下**，並且找到那筆財富，離開此島。

我和白奇偉**踱來踱去**，足足踱了一個小時，依然未有任何頭緒。

又過了半個小時，宋富回來了，面色十分難看，説：「情況很不妙。光從那個火山口，還看不到什麼，和普通的小型火山爆發差不多，即使有**熔岩**，也不足為害。但是我在路上卻發現有三個地方，裂開了七八碼長的裂口，更有**白煙**冒出！」

白老大吃了一驚，「你是説，這整個島都是火山口？」

「我不敢肯定，但看情形卻十分像。」宋富説。

白老大來回踱了幾步，突然説：「你們全撤退，我一個人留下來，看能不能保住七幫十八會兄弟們的財富。」

白素驚呼：「爹——」

我立即説：「白老大，這是我和令郎之間的對決，請不要插手。」

白素這次對我驚呼：「你——」

我堅決地説：「我不會走。留在這裏，不僅可以比比智力，也可以比比勇氣！」

「那是匹夫之勇！」白素喊道。

我當然明白這是匹夫之勇，但我更清楚知道白老大不會輕易讓七幫十八會兄弟們的財富白白毀掉，如果沒有人留下來盡力去找出那筆財富，他必定不肯撤離這個島。

白素看着我的**雙眼**，似乎也看出我的用意，只見她忍着**淚**，轉身對白老大說：「爹，那麼我們所有人先撤到**環形島**上去──」

白素說到這裏，又禁不住擔心地望着兄長，問：「哥，你也決定留下來**？**」

白奇偉一直在研究着那些石碑，抬頭大聲道：「當然了！我白奇偉會是**臨陣退縮**的人嗎？」

白素深吸一口氣，嚴肅地說：「好，那我們先撤到環形島去，你們兩人萬一發現情況轉壞，便要立即**撤退**！知道嗎？」

我也誠懇地說：「放心，我答應你，如果情況不妙，我一定盡快離開這裏！」

白素嘆了一口氣，便與眾人一起收拾行囊，匆匆離開了泰肖爾島。白老大臨走前留下了一個**無線電對話機**，即使隔着泰肖爾島與環形島之間的距離，也能直接互相收發訊號來通話。

　　他們撤離後，我和白奇偉繼續推敲藏寶地點。我心中
翻來覆去地念着那二十五塊鋼板後面所刻的幾句話，
念了十七八遍，雖然心中仍是一片茫然，但我深信關鍵就
在於「**共透金芒**」這四個字。

　　「共透」是什麼意思❓「金芒」又是什麼意思❓如果説
「金芒」是代表着光芒的話，那麼「共透金芒」，當然就是

那四個眼孔都有光芒穿過。然而白奇偉依照這個方法，找到了四束光芒的 交 會 點 ，卻只掘出了一個空箱子。

　　于廷文當年留下這幾句話，一定隱藏着奧妙，只是他沒想到我們會遇到如此 **危急緊迫** 的情況，要在火山大爆發前 *絞盡* 腦 汁 ，解開這個奧妙。

　　我們苦苦思索了許久，看看手表，已經是午夜兩點多鐘了，忽然之間，地底下又傳來一陣隆隆聲，我感到整座小山頭在輕輕地搖動，放眼望去，島上有好幾處地方冒出 白煙來。

我還看到，我們這個山頭下的一條 小溪，溪水正迅速地流失，就像溪底突然漏了洞一樣，轉眼間，滿溪的溪水都消失了，溪底的石塊暴露在 月光 之下，許多 蟾蜍 在亂跳，發出「咯咯」的叫聲。

我和白奇偉都注意到那條小溪突然 乾涸 的現象，互相望了一眼，說不出話來，就在這個時候，白老大留下來的那個 無線電 對話機 傳來白老大的聲音：「你們聽到嗎？島上怎麼了？」

我連忙回答道：「我感到全島都有輕微的震動！」

白老大又問：「還有呢？」

我説：「山下的一條小溪，溪水瞬間乾涸了！」

我聽到宋富「啊」的一聲説：「那是**地層**已經起了變化，溪水從裂縫中泄走了！」

我又聽到紅紅叫道：「表哥，你沒有事麼？」

然後又回到白老大的聲音：「奇偉呢？」

白奇偉踏過來一步説：「我在。」

白老大心情沉重地説：「**性命**比那筆財富重要，當然也比**一時意氣之爭**重要，你們別再找了，趕快離開吧！」

但白奇偉**倔強**地説：「爹，再給我一點時間，這次我

答應你的事，一定會辦到！」

　　我也說：「白老大，我們這裏暫時還沒有很大的危險，還可以再逗留一段時間的，請放心。」

　　白老大便說：「好。可是如果再有變化，你們要立即離開。就算沒察覺任何異動，你們天亮之後也必須**撤離**！知道嗎？」

　　我和白奇偉齊聲道：「**知道了！**」

　　白老大「嗯」了一聲，「那我不打擾你們的思緒了，**記住萬事小心！**」

　　通話機隨即靜了下來，我和白奇偉互相看着對方，白奇偉冷冷地說：「我們要在天亮之前決出勝負了。」

我也冷笑道：「到時就讓 **太陽** ☀ 來見證我的勝利。」

這本來只是一句鬥氣的話，但一說出來，腦海自然會浮現太陽金光四射的形象，而我和白奇偉竟同時靈機一動，異口同聲地叫了出來：「是太陽！」

他雀躍地說：「『共透金芒』的『金芒』，指的就是 **陽光** ☀！怪不得我用電筒找不到真正的藏寶位置！」

我的想法相同，「只要等太陽出來，🌅 **陽光普照** 着四個石碑，從那四個眼孔共同透出來的陽光，所會聚的一點，才是真正的 **藏寶處**！」

但如果這是正確的話，那麼我和白奇偉算是 **誰勝誰負**？

第卅九章

　　白奇偉回到了那四塊 **石碑** 旁邊，細心觀察每個

眼孔 的角度，挪動着自己的位置。我一看便知他的用意，

如今我們都想通了「**金芒**」的意思，要 **分出勝負**，就

看誰能最先判斷出「共透金芒」的位置，站在那裏，等到太

陽升起時，誰站的位置最接近四束陽光的 **交 會 點**，

誰就勝出。

　　我不敢怠慢，也立即去檢視那四塊石碑眼孔的角度。

　　但我們只高興了幾分鐘，便 **頹然** 地坐在地上，因為

當我們看完四塊石碑所豎立的方向，才意識到「共透金芒」

根本是不可能的事，除非天上有四個**太陽**，從四個不同的方向來照射！

白奇偉失望地搖着頭，我苦笑道：「最好有四個太陽，是不是**?**」

我們只好繼續分析那幾句話的含意，難道「**金芒**」指的並非太陽？或是關鍵在於其他字句？

我們都不斷地念着那幾句話，只見白奇偉蹲下來，將那幾句話以**小石頭**劃在地上，他寫的是：「朱雀之眼，白鳳之眼，白虎之眼，青龍之眼，共透金芒，唯我兄弟，得登顛毫，再臨之日，重見陽光。」

　　我看到了，忍不住冷笑一聲，**揶揄**他：「奇偉兄，你將第一句和第二句的次序**顛倒**了，第一句是『**白鳳之眼**』，第二句才是『**朱雀之眼**』！」

　　白奇偉「**哼**」地反駁：「那有什麼關係，還不是一樣的**？**」

　　我不忿，鬥氣說：「你怎麼知道沒有關係**？**」

　　我這麼一說，忽然**提醒**了自己，那二十五塊鋼板背後的文字中，頭四句的**次序**是否有關係呢？如果像白奇偉那樣顛倒了次序，也能成功找到寶藏嗎？

我們兩人沉思了一會，幾乎又在同時「啊」的一聲叫了起來。

「**你也已經想到了？**」我問。

白奇偉望着我，「聽你這麼説，你也是想到了？」

我們都不肯先説出來，我只暗示道：「我想到的這個辦法，必須動用一件小小的 **道具** 。」

「我想到的也是 **！**」

「好，那麼我們不妨轉過身、背對背，然後將這件道具握在手中，再拿出來比一比，看看大家所想到的是否相同。」

白奇偉贊成：「**好！**」

於是我們一起轉過身去，我伸手在衣袋中，取出了一件東西，握在手中，然後問：「你準備好了沒有？」

白奇偉回應道：「準備好了！我叫一二三，便一齊轉過身來比一比吧。一、二、三！」

我們一起轉過身，正要伸出手來之際，卻聽到一聲**震天巨響**。同時，眼前突然呈現了血似的紅色，白奇偉整個人像是**火人**一樣，而就在這時，地面劇烈地動了一動，我們都仆倒地上**！**

我伏在地上，定了定神，發現紅光籠罩着整個泰肖爾島，我自己全身也變成了那種**暗紅色**。

紅光是從那個**火山口**所發出來的，那火山口附近流着暗紅色的**熔岩**，蠕蠕而動，向下流去，而大大小小如同燒紅了的煤塊似的石塊，正不斷向半空射出，落下之處，樹木都燒了起來。

我隱約聽到無線電對話機在發出響聲，拿起一聽，是白老大在叫道：「**撤退，快撤退！奇偉，衛兄弟，你們聽得到我的聲音嗎？快撤退！**」

同時，也聽到白素焦急地說：「爹，怎麼沒有他們的回音啊？」

我連忙大聲回應：「**我們全沒有事！**」

白老大急忙道：「快撤退！」

但白奇偉走過來說：「不**！**只要天一亮，我們便可以找到準確的**藏寶地點**，然後我們兩人合力，順利的話，兩個小時便可以發現寶藏了**！**」

白老大着急道‧「放棄吧，這筆財富毀了，也不是你們的錯。你們兩人再留在島上就太危險了！」

我看看手表，說：「白老大，現在快**四點鐘**🕐了，再過幾個小時，我們就可以發現寶藏，應該來得及的！」

白老大厲聲道：「不行，我命你們，立即撤退！奇偉，你聽到我的話？」

「爹，你就信任我一次，我一定會平安回去的！」白奇偉說完竟突然捧起一塊**大石**，將**對話機**砸成粉碎！

我望着白奇偉，白奇偉說：「那東西該拿出來**揭曉**了！」

我點了點頭，然後我們便一起伸出手來，發現彼此手上都拿着一面小小的**鏡子**！

白奇偉苦笑道：「看來我們又是**不分勝負**了。」

我哈哈一笑：「以後還有機會。既然我們兩人的想法一樣，應該合作。」

白奇偉點了點頭。

我們的想法是，「共透金芒」不止一種方式，四束光線同時穿過眼孔是一種，但如果有**先後次序**之分，那麼用一條繩子，將四顆**珠子**串起來，才更貼近「共透金芒」的意思。

如今我們一邊等着日出，一邊觀察四周的環境。時間一分一秒過去，情況也愈來愈不妙。我們看到附近一個山頭上，有幾排**樹木**正在搖晃，當中更有幾棵倒下。而那火山口不停冒出**白煙**，間歇地傳出「**轟隆**」巨響，紅光迸射，暗紅湧了出來！

我和白奇偉都看得呆了，這樣下去，恐怕等不及天亮，我們這個山頭已被岩漿包圍，沒有出路！

這時候，竟傳來白素的聲音：「**哥哥！衛斯理！**」

我們立刻循聲看去，只見白素正狼狽地跑過來，我連忙迎上去，驚訝地問：「**你怎麼也──**」

可是「來了」兩字尚未出口，便聽到泰肖爾島的四面八方都傳來了轟隆隆的**震動聲**，腳下的地面如同風浪中的**小舟**一樣，劇烈地抖動起來！

我和白素互相扶穩對方，她着急地叫道：「快走吧！你們還等什麼**？**」

「我們在等**日出**。」白奇偉說。

然後我把我們對「共透金芒」的想法簡略地告訴了白素。

白素想了一想，望着手中的**小電筒**，果斷地說：「不要等日出了，現在就把寶藏找出來，盡快一起逃吧！」

白素奔向白鳳石碑，將手中的**強力電筒**，從後插進那「**白鳳之眼**」，恰好能插得進去，強光便由「眼」中射出，照着白奇偉挖出大鐵箱的地方。

我和白奇偉立即會意，白奇偉連忙蹲在那地方，以一面**小鏡子**將光芒反射到「**朱雀**之眼」去。光芒從「朱雀之眼」透出，落在另一處地方。我也拿着鏡子匆忙跑去，將那道光芒反射到「白虎之眼」。可是我們還欠一個人把「白虎之眼」射出的光芒，反射到「青龍之眼」去。

這時白素正好跑過去，她也掏出一面小鏡，將「白虎之眼」的光芒，反射到「**青龍**之眼」。如今光芒已經同時穿過了白鳳、朱雀、白虎、青龍之眼，做到「**共透金芒**」這要求了！

從「青龍之眼」透出的光線，直照着峭壁上的一塊 **岩石**。白奇偉二話不說，立刻飛奔過去。

「**小心啊！**」我和白素叫也叫不住他。

白奇偉已經抱住了那塊岩石，用力地搖晃。但這時候，整個山頭突然動了起來，那塊大石鬆脫，白奇偉雖然鬆手得快，但也被那塊岩石帶動，向 **峭壁** 下跌去！

　　我拚了命撲前，一把抓住了他的衣服，可是他的跌勢太猛，衣服「哇」的一聲撕開了！

第四十章

$昂貴$的火焰

眼看白奇偉將要跌下**峭壁**，我立刻伸手一撈，恰好來得及將他的足踝抓住。但我的身子也被拖得向前一俯，差點陪他一起墮入峭壁下的**熔岩小溪**去！

幸好白素及時趕過來抓緊我，並合力將白奇偉拉了上來。白奇偉向我望了一眼，像要說什麼話，卻又沒有開口，但忽然指着剛才那岩石原本的位置叫道：「**你們看！**」

原來岩石掉下後，那裏出現了一個大洞，還有着**石級**通向下面。毫無疑問，這個洞便是于廷文收藏那筆財富的地方。

但白素慌忙道：「算了！快走吧！再不走就來不及了！」

我和白奇偉都默然不應。白素着急道：「**要錢就不要命，要命就不要錢！你們選！**」

我立即說：「這話可不對了，錢又不是我們自己的，奇偉可能還有份，我連份兒都沒有。」

白奇偉也說：「衛大哥說得對，我們 **千辛萬苦** 來到這一步，怎甘心不看一眼就走**？**」

聽到他稱呼我「**衛大哥**」，我便知道他對我的恨意已經全消。

「好，我們進去看看，如果情況許可才帶走財富，不然就馬上撤離，你倆要答應我，不得逗留超過十分鐘！」白素近乎命令地說。

我和白奇偉都點頭答應，然後三個人立刻飛奔躍進洞去，下了十多級 **石級**，來到了洞底。那是一個 **石室**，除

了角落裏堆着三個老大的麻袋外，便 **空無一物**，也沒有別的通道。

「所謂大筆的財富，就是這三個 **麻** 袋嗎？」我大感疑惑。

我們去摸摸那三個麻袋，漲鼓鼓的，塞滿了東西。白奇偉索性用力撕開了一個缺口，看看裏面是什麼東西，一看就驚叫起來：**「你們看！」**

我和白素立刻走過去，從麻袋缺口處看到裏面竟全是 **美鈔** ，用一層透明塑料包裹着，保存得非常好。而最令我們震驚的是，它們全是五百元、一千元的大面額美鈔！這種美鈔早就不再發行，簡直就是收藏品！

我們三人**不知不覺**地發着呆，還是白素最清醒，猛地叫道：「快十分鐘了，這些財富帶不帶走**?**」

白奇偉望着那三個麻袋説：「剛好一人一個。」

我點點頭，「嗯，帶了再説！」

「好，一人一個，快！」白素**巾幗不讓鬚眉**，説着已負起了一個。

我和白奇偉也各負起一個，三人一起走出了地洞。

然而，沒想到才十分鐘的時間，泰肖爾島上的情形又發生了**驚天動地**的變化。放眼望去，濃煙四起，山下許多地方都有**暗紅色**的岩漿在蠕蠕流動，幾乎截住了每一個去處。

倒是白素最能保持冷靜，她説：「跟我來，剛才我勘探到一條路，應該還可以通行。」

我們立即跟在她的後面，向山下奔去，一路上，躍過了冒着白煙的幾道**大裂縫**，好不容易來到山腳下。

　　只見**熔岩**像倫敦火車站的<u>路軌</u>一樣，縱橫交錯，十分壯觀。我們不得不躍過一道道三五尺寬的熔岩，向前覓路，在熔岩上躍過時，有一種自己已成為了烤餅的感覺。

　　又走了五分鐘，白素忽然叫道：「**你們看！**」

我們向前看去，她所指的是一道土崗，蜿蜒向前通去，因為高出地面四五尺，所以土崗上還沒有熔岩。

我們連忙躍上那**土崗**，向前直奔。恰好土崗是通向海邊的，我們愈是接近海邊，愈感到興奮，眼看快可以離開泰肖爾島之際，突然看見一道**熔岩**在我們前面橫流而過。

因為熔岩流動的速度不快，我們嘗試順着這道熔岩的去向飛奔，希望追過它，便可繞過去。

我們發揮了**人體極限**的速度，追到那股熔岩的盡頭，繞了過去，向着海邊**衝刺**。

我們只往高地走，沒有多久，已經可以看到海了。我們奔上了一個土墩，望着大海，眼看馬上就可以帶着三麻袋 **美鈔** 離開泰肖爾島之際，又發生了**突如其來**的變故！

首先是一陣震盪，接着便是**震耳欲聾**的聲音，我們三人伏在地上，當再站起來時，驚覺土墩的四周，已全被熔岩所包圍住了！

包圍着我們的熔岩，寬達十公尺，土墩上的草木迅速地焦黃。海就在面前了，但我們卻陷入了**岩漿**的包圍之中！

我們三人 **面面**相覷，白素先開口：「還是那句話，要錢不要命，要命不要錢！」

白奇偉問：「這是什麼意思？」

白素放下肩上的麻袋說：**「這三個大麻袋，正好供我們墊腳！」**

我和白奇偉一聽，不禁呆住！

但是土墩上連石頭也沒有一塊，除了這個辦法之外，實是 *別無他法*！

白奇偉喊叫：「**不！**」

但是白素一揮手，已將她手中的麻袋拋了出去，落在丈許開外。

我二話不說，立即飛身躍到那麻袋之上，手用力一揮，

也將我肩上的麻袋向前拋出，然後我再躍前，站在我剛拋出的麻袋上。

白奇偉**無可奈何**，怪叫一聲，先躍到白素的麻袋上，然後把他肩上的麻袋向我拋過來，我順勢將那麻袋往前推送，落在前方。這時三個麻袋都放置好了，我們就靠着它們來**墊腳**，總算躍過了這一道寬達十公尺的熔岩。

我們回頭一看，那三大麻袋的美鈔在熔岩的高溫下熊熊燃燒，那是我們三人見過**最$昂貴$的火焰**。

我們不再多想，奔到了海邊，向環形島游去，與白老大他們會合。雖然**空手而回**，但他們看到我們能安全回來，都興奮不已。

兩天後，我們一行人回到了**馬尼拉**，然後各自散去。紅紅要把握暑假最後的幾天，跟宋富去**東京**玩，其他人跟白老大回去交代七幫十八會的事。

而我回到家後，送了一份厚禮給程警官，那是李根的 日記簿。原來近年活躍國際的 大毒販 正是李根，他借助胡克黨的勢力販毒，日記簿內都有詳細的記載。我相信這厚禮足以令程警官連升幾級，不用再守離島了。

至於白老大是否仍舊過着地底生活，我不得而知。我只知道白奇偉和我已經 言歸於好，但他和白素卻依然為泰肖爾島上的事，時有爭論，一個說如果聽他的，便能將錢帶出，另一個說不聽她的，只怕連人也變成灰燼。

我則保持中立，這兩個人我都不能得罪，因為白素已儼

如我的 **未婚妻** 了，你敢得罪未婚妻和未婚妻的哥哥嗎？

言不由衷

可是李根的聲音隨即又響起：「我們的首領落入敵人手中，**言不由衷**，若是任由首領受人挾持，胡克黨還能活動麼？」

意思：言詞與心意相違背。

一發不可收拾

坑中有人忍不住向外面開槍反擊，結果**一發不可收拾**，子彈橫飛，引發了一輪槍戰。

意思：一經發生，就很難制止或處理。

神乎其技

我拿起一塊石頭，向另一個位置拋出坑邊去，就在那一剎間，「砰」的一聲槍響，那石頭被射中粉碎，李根的槍法果然**神乎其技**。

意思：形容手法、技巧極為高明巧妙。

一矢中的

我不敢肯定，身為神槍手的李根也未能擊中我，我真的能**一矢中的**，打中了他嗎？

意思：射箭的時候，一下就命中目標，形容準確地達到目的。

毀於一旦

第三天的中午，一陣烤雞的氣味將我們靜坐的成果**毀於一旦**。我連忙從射口看出去，只見里加度手中拿着一條烤雞腿，一邊咬着，一邊說：「怎麼樣？想到了什麼線索嗎？」

意思：：形容在很短的時間內完全毀滅。

一拍兩散

里加度居然以烤雞的香味來折磨我們，我索性跟他賭一把，威脅道：「把我們餓死吧！大家都得不到那筆財富，**一拍兩散**！」

意思：雙方果斷結束關係。

聚精會神

白奇偉「哼」的一聲便走開去，里加度全神貫注地看着挖掘工作，我向四周一看，只見山頭上所有胡克黨徒都和里加度一樣，**聚精會神**地望着那掘土機！

意思：注意力高度集中的樣子。

安然無恙

我一見她**安然無恙**，根本不和她多說什麼，連忙檢查燃料，發動馬達，三副引擎齊聲怒吼，快艇便如箭離弦，向外疾衝，轉眼間，已從那環形島的缺口穿出去了。

意思：事物或人未受到破壞或侵害。

鐵石心腸

我絕對不能設想，集奸詐、狠辣、**鐵石心腸**之大成的宋富，竟然抽抽噎噎地痛哭起來。

意思：：心腸硬得像鐵和石頭一樣。形容心腸很硬，不為感情所動。

呆若木雞

同時，「砰」的一聲槍響，我們都不禁**呆若木雞**，因為宋富已經開槍自殺了。

意思：因愚笨或受驚嚇而發愣的樣子。

蔚為奇觀

霎時間，響起了一陣驚心動魄的子彈呼嘯聲。海面上，水柱此起彼伏，**蔚為奇觀**。

意思：匯聚成奇特的景觀。

驚天動地

最後我來到了碼頭，發現碼頭已經因為剛才**驚天動地**的變故而毀去了，那兩個蓄水池也不再存在。

意思：形容聲勢極大。

寥寥可數

我認真地想了一想，有這種雄才偉略的人，根本**寥寥可數**，我一時之間只想到兩個，不禁叫了出來：「難道是他們？」

意思：：數量很少。

置身事外

我們四人都明白他這句話的意思，就是他已下定決心，要將我們殺死，反正死無對證，可以嫁禍到胡克黨徒身上，他自己卻**置身事外**！

意思：對事情不理會。

煙消雲散

我勃然大怒，正想發作，但白素溫柔地按住了我的手，我從她的眼神能感受到，在這段別離的日子裏，她有多少話想對我傾訴。我滿腔的怒火在剎那間便**煙消雲散**了。

意思：比喻事物如煙雲一樣消失得乾乾淨淨。

殃及池魚

我立即説：「好，這可比動手動腳文雅多了，也不會**殃及池魚**！」

意思：連累其他人。

不值一哂

宋富一笑，「好，那我們便一言為定了。我看，我們大家也可以思索一番，如果是我們先想到了，那麼奇偉老弟和衛兄弟根本都**不值一哂**，以後就別再認威風了！」

意思：指不值得一笑，比喻毫無價值，也表示對某種事物或行為的輕蔑和譏笑。

不可一世

聽到宋富這麼說，他們都差點笑了出來，而白老大亦點頭認同道：「這樣也好，讓他看清楚自己的斤兩，別以為自己**不可一世**。」

意思：狂妄自大到了極點。

意氣之爭

白老大心情沉重地說：「性命比那筆財富重要，當然也比一時**意氣之爭**重要，你們別再找了，趕快離開吧！」

意思：一時情緒激動所引起的爭執。

別無他法

但是土墩上連石頭也沒有一塊，除了這個辦法之外，實在是**別無他法**！

意思：沒有其他的辦法。

衛斯理系列 少年版 12
衛斯理與白素 下

作　　　　者：衛斯理（倪匡）

文 字 整 理：耿啟文

繪　　　　畫：鄺志德

助理出版經理：周詩韵

責 任 編 輯：陳珈悠　彭月

封 面 及 美 術 設 計：BeHi The Scene

出　　　　版：明窗出版社

發　　　　行：明報出版社有限公司

　　　　　　　香港柴灣嘉業街 18 號

　　　　　　　明報工業中心 A 座 15 樓

電　　　　話：2595 3215

傳　　　　真：2898 2646

網　　　　址：http://books.mingpao.com/

電 子 郵 箱：mpp@mingpao.com

版　　　　次：二〇二〇年六月初版

　　　　　　　二〇二二年七月第二版

I S B N：978-988-8526-96-3

承　　　　印：美雅印刷製本有限公司